Pour Lola Krassnikoff

Mario Ramos

TOUT EN HAUT

Pastel
les lutins de l'école des loisirs
11, rue de Sèvres, Paris 6ᵉ

PLOP PLOP PLOP le crocodile.

Oh ! dommage.
Bien essayé quand même.

Bravo le crocodile !

 l'éléphant.

Oh ! dommage.
Bien essayé quand même.

Bravo l'éléphant !

HOUF HOUF HOUF   le rhinocéros.

Oh ! dommage.
Bien essayé quand même.

Bravo le rhinocéros !

POM POM POM   la girafe.

Oh ! dommage.
Bien essayé quand même.

Bravo la girafe !

Hi Hi Hi le singe.

Le singe
sur
la girafe
sur
le rhinocéros
sur
l'éléphant
sur
le crocodile.

Mais…
Que se passe-t-il ?

**BA
DA
BOUM**

Tout
le
monde
est
en bas.
Oh ! dommage.

Tiens…
Il manque quelqu'un.

Le singe !

Il est au sommet.
Tout en haut.
Plus haut
que
tous
les
animaux.

Enfin, presque…

ISBN 978-2-211-09521-1
Première édition dans la collection *lutin poche* : mai 2009
© 2005, l'école des loisirs, Paris
Loi numéro 49 956 du 16 juillet 1949 sur les publications
destinées à la jeunesse : octobre 2007
Dépôt légal : octobre 2018
Imprimé en France par Aubin Imprimeur à Ligugé